DISCOURS

CONTRE

LES SERVITUDES PUBLIQUES.

Quid triftes quærimoniæ,
Si non principio *culpa reciditur ?*
Horat. Od. XXIV, l. III.

(Par Fr. Boissel, d'après Boulainvilliers)

M. DCC. LXXXVI.

Rés R3315 (2)

DISCOURS

CONTRE

LES SERVITUDES PUBLIQUES.

Rectiùs vives. . . . . . Hor. Od. X. l. II.

La nature a établi dans l'homme les mêmes besoins & la nécessité des mêmes fonctions que dans les autres especes d'animaux; mais elle a donné à ceux-ci ce que nous appellons un *instinct*, qui les dirige & les fait parvenir à leurs fins par des regles sures, uniformes & qui ne varient jamais; ce qui a fait croire à Descartes que les bêtes ne font que des machines, & à nos Théologiens qu'elles ne font pas libres; au lieu que nous sentons en nous-mêmes que nous sommes animés & libres.

A

Mais ce que nous appellons *raiſon* dans l'homme, laquelle, ſuivant les notions d'Ariſtote, nous diſtingue encore plus eſſentiellement des autres animaux, & a le plus contribué à nous faire établir un ordre particulier pour nous, que nous appellons *moral*, dans la vue de rendre nos fonctions & nos beſoins naturels plus faciles, plus commodes & plus agréables, cette raiſon, dis-je, n'a pas de regle aſſurée, & n'eſt que le réſultat de l'éducation, de nos habitudes, de nos penchans, de nos préjugés & de notre maniere de voir, qui varient dans tous les climats, chez les différens peuples, & même dans chaque individu; de là cette diverſité de langues, de religions, de mœurs, de loix & d'opinions qui gouvernent tous les hommes, & qui font plus ou moins bien, ſelon qu'elles produiſent plus ou moins d'inconvéniens; mais à travers les contrariétés & les inconvéniens qu'on peut remarquer dans les diverſes inſtitutions humaines, on lit par-tout cette vérité gravée dans le fond de nos cœurs, que l'ordre moral n'a pu ni dû être inſtitué que pour la conſervation de notre individu, l'ordre phyſique, ou la nature, n'ayant pourvu qu'à la confervation de notre efpece.

D'où je conclus que les fociétés ne fe font formées que pour le plus grand avantage des affociés, les Gouvernemens pour le plus grand bonheur des peuples, l'autorité, la puiffance ou la force, pour la fureté du plus foible, contre le plus fort, comme les Médecins pour venir au fecours des malades : ce n'eft pas qu'ils ne les tuent quelquefois, parce que l'art de guérir n'a pas des regles fures ; au lieu que celles qui conftituent l'ordre moral font connues, & que nos fautes font volontaires.

La conftitution du Royaume de France eft fi bonne, dit Loifeau, qu'il n'eft pas de Citoyen né dans le plus bas étage, qui ne puiffe prétendre aux dignités les plus élevées.

Mais il en eft des meilleures conftitutions politiques, & morales comme des êtres, ou corps phyfiques ; elles font fujettes à dégénérer & à fe corrompre, pour peu qu'on fe relâche de leur maintien.

Depuis la vénalité des charges, l'argent en a chaffé le mérite ; l'intrigue & la faveur operent le même inconvénient.   A 2

De façon que par une suite de nos con-
traventions & de notre impunité, tout ce qui
dans l'origine n'a été inftitué que pour l'a-
vantage commun, n'eft plus que des moyens
de fatisfaire, chacun en particulier, notre
orgueil, notre cupidité, notre avarice, &
que des titres pour autorifer & couvrir nos
déréglements & nos excès qui nous dégra-
dent, nous énervent, nous accablent d'infirmités, & nous tuent avant le terme.

Ce n'eft plus une longue expérience, ni la
connoiffance des maladies & de leurs caufes
qui fait les Médecins; ce ne font plus les talens, ni l'étude & la fcience des Loix, qui font
les Avocats, ce font les grades qui fe vendent.
Ce n'eft plus l'amour de la juftice, ni la capa-
cité pour la bien adminiftrer, qui fait acquérir une charge de Magiftrature, c'eft pour en
faire ce que d'après la commune erreur, on appelle fon bien. Eft-ce notre zele pour le bien
public? eft-ce notre attachement à la perfonne
& à la gloire du Prince qui nous fait ambition-
ner les plus hautes dignités? On vit, dira-t-
on, cela eft vrai; mais on fouffre, mais on fe
tue; & on pourroit nous empêcher de fouffrir
& de nous tuer.

Comment faire ? Rien n'eſt plus aiſé : ſoyons amis de l'ordre par qui ſeul tout ſe conſerve, rétabliſſons-le, puiſqu'il eſt renverſé, & empêchons qu'on ne l'attaque ; alors tout ira bien.

L'expérience nous apprend qu'un corps, organiſé ou non, ne ſe conſerve dans ſon état naturel, qu'autant qu'on en éloigne les cauſes extérieures de ſa deſtruction, & qu'on en rapproche celles de ſa conſervation. Nous ſuivons cette regle pour nos poſſeſſions les plus rivoles, & nous nous abandonnons à tout ce qui peut nous incommoder & nous détruire ; ne ſoyons donc pas ſi dupes.

Dans cette vue, pour ce qui concerne l'objet de ce diſcours, il ſuffira d'obſerver que, lorſque nous avons fait ceſſer la communauté naturelle par le partage des terres, il eſt probable que chacun des copartageans s'eſt bâti ſur ſa portion, comme bon lui a ſemblé. L'ordre ſocial ne pouvoit ſouffrir alors de cette liberté ; mais après que les familles s'étant multipliées, on a bâti des bourgades & enſuite des villes, il eſt probable auſſi que, par l'habitude qu'on avoit contractée de ſe bâtir comme on avoit voulu, chaque propriétaire

A 3

,ıı a confulté que fon génie , fes facultés & fes
commodités perfonnelles , fans qu'il paroiffe
que les Gouvernemens aient porté une grande
attention à ce que tous ces nouveaux établiffemens fuffent principalement faits pour la fûreté , la falubrité & la commodité publiques ,
contre lefquelles je mets en principe qu'il n'a
pas été au pouvoir d'aucun propriétaire de
prefcrire.

Les irrégularités , les défectuofités , le peu
d'ordre qu'on remarque dans prefque tous les
établiffemens de ce genre , les incommodités
& les inconvéniens qui en réfultent , au pré-
judice du public , les Loix mêmes concernant
les fervitudes urbaines , qui ne font que des
réglemens particuliers pour les propriétaires
des maifons limitrophes, font autant de preuves
de ce défaut d'attention & de prévoyance de
la part des Gouvernemens.

Suivant nos Coutumes , un propriétaire ne
peut incommoder fon voifin ni par fes vues ,
ni par fes eaux , ni par fes immondices. La
plus légere fervitude ne peut exifter fans un
titre ; & ce même propriétaire en accable le
public depuis tous les temps. Tous les pro-

priétaires eux-mêmes, ainsi que leurs locataires, ne peuvent sortir pour vaquer à leurs
affaires du dehors, sans être accablés des mêmes servitudes contre lesquelles ils ont ré-
clamé l'un contre l'autre, & desquelles ils se
sont fait affranchir privativement de voisin à
voisin par le Législateur.

Quelle inconséquence ! quel oubli de la
part des propriétaires eux-mêmes, de la part
du public & de la part du Gouvernement, d'un
de leurs droits les plus précieux & de leur premier devoir !

Depuis cent cinquante ans, la ville de Paris s'est agrandie de près des deux tiers, & les
embarras, de plus des trois quarts : pourquoi
n'a-t-on pas rapporté les premiers soins & les
premieres dépenses à bâtir les maisons tom-
bantes en ruine, suivant un plan rélatif à la
sureté, à la salubrité & à la commodité publiques, auquel plan on eût été obligé de se
conformer pour la construction des nouvelles ?
pourquoi ne le fait-on pas même encore aujourd'hui ?

On a érigé de superbes monumens, on a
bâti de vastes Eglises, on ne s'est occupé que

A 4

de boulevards , de promenades , &c. mais il n'eſt pas venu encore dans l'idée de faire quelque choſe pour la ſureté , la ſalubrité & la commodité intérieures de la ville de Paris; objets infinimens plus eſſentiels & plus urgens : les embarras & les accidens , à fur & meſure qu'ils ſe ſont augmentés & multipliés , ont occaſionné une foule de Réglemens de Police, qui forment plutôt des titres , s'il étoit poſſible qu'il y en eût, de tant de ſervitudes accablantes & révoltantes , que des moyens d'y remédier.

J'ai poſé pour principe qu'il n'étoit pas au pouvoir des propriétaires de preſcrire contre la ſureté , la ſalubrité & la commodité publiques. Ce principe , fondé ſur le droit de la nature & des gens & ſur le droit public , eſt une vérité trop frappante pour qu'on lui donne une plus grande clarté. Il s'enſuit que le Gouvernement poſſede inconteſtablement , comme il l'a poſſédé dans tous les temps , le droit de faire établir la ſureté , la ſalubrité & la commodité publiques , par-tout où elles ne ſe trouvent pas : j'ajoute qu'il y eſt obligé pour ſon propre intérêt , à cauſe du maintien de l'ordre par lequel ſeul il ſe conſerve.

En effet, de quel droit les propriétaires ont-ils élevé sur la voie publique, des maisons de façon que tous les passans soient, non-seulement gênés de droite & de gauche, mais encore obligés de souffrir le déluge de pluie qui se rassemble au haut de leurs toits, ainsi que tout ce qui peut s'en échapper, & de leurs fenêtres? Ils ont reconnu qu'ils ne l'avoient pas ce droit, contre leurs voisins; à plus forte raison doivent-ils reconnoître qu'ils ne sauroient le prétendre contre le public; donc c'est une entreprise, donc c'est une usurpation que l'ignorance ou la cupidité n'ont pu autoriser par quelque laps de temps que ce puisse être.

De quel droit ces mêmes propriétaires ont-ils établi dans leurs maisons de fort étroits, mais très-profonds précipices, dans lesquels eux, ainsi que leurs locataires, jettent leurs immondices, dont la puanteur & la corruption les infectent, pour en infecter ensuite, quand on les vuide, tous les voisins, tous les passans, & les environs de la ville où l'on va les déposer?

Ce second genre de servitude formera le sujet de la seconde partie de ce discours.

PREMIERE PARTIE.

Contre les servitudes publiques des rues.

> *Eradenda cupidinis*
> *Pravi sunt elementa.…*
> Horat. Od. XXIV , lib. III.

CE premier genre de servitudes qui ne proviennent que de la maniere dont on a laissé construire les rez-de-chaussées des maisons qui bordent les rues, en a fait naître, sur-tout à Paris, une infinité d'autres d'un genre encore plus accablant.

Qu'on calcule les incommodités & les accidens malheureux occasionnés par l'immensité des voitures de toutes especes, & des animaux, avec & parmi lesquels les gens de pied de tout âge & de tout sexe se trouvent confondus, couverts de boue, souvent estropiés & même écrasés : il a passé aujourd'hui en proverbe à Paris, que *qui sort le matin de chez soi, n'est pas sûr d'y rentrer le soir*, sans qu'il soit au pouvoir de la police de nous garantir, Le mal étant inévitable d'après la sotte maniere dont on s'eſt bâti ſur les rues ; ce qui établit plus fortement la néceſſité & le beſoin le plus urgent d'y pourvoir.

On convient que, pour ſe garantir de tant de maux, rien n'eſt plus deſirable qu'une voiture ; auſſi il n'eſt pas de courtiſanne, de femme de Valet-de-chambre, de Commis, de Maître-d'hôtel, de Sécrétaire, d'Intendant de maiſon, qui ne ſoupire après un carroſſe, & ne porte ſon amant ou ſon mari à violer tous les devoirs de l'homme & du citoyen, & à tout ſacrifier aux moyens d'en gagner un, ou à ſe ruiner. Après il faut des chevaux, des écuries, un hôtel, un cortege, des valets & des ſervantes ; car tous ces nouveaux parvenus veulent trancher du plus grand Seigneur, de ſorte que, de la façon dont la machine eſt montée, on ne voit pas de borne au brigandage dans tous les états, aux conſommations exceſſives & irréparables, ſur-tout pour les bois, aux agrandiſſemens nuiſibles & ſuperflus, aux embarras & aux accidens malheureux qui en font & feront de plus en plus, les ſuites inévitables.

Faut-il que des objets ſi diſpendieux, qui

dans l'origine, n'ont été établis que pour la représentation, soient devenus si communs, si prodigués & si à charge à l'humanité.

Tous ces désordres ne viennent que de ce qu'il n'existe qu'un seul passage dans les rues de Paris, pour les voitures, les animaux & les gens à pied.

Il a fallu que les flammes aient consumé la majeure partie de la ville de Londres, pour qu'on se soit avisé d'y établir des trottoirs.

Faudra-t-il mettre le feu aux quatre coins de Paris, pour délivrer ses habitans de tant d'incommodités, d'outrages & de dangers? Ce seroit mon avis, si on pouvoit le rebâtir en un jour.

Il est de fait que la plupart des rues de Paris sont trop étroites pour y établir de trottoirs, qui d'ailleurs ne rempliroient que très-imparfaitement l'objet d'une réclamation générale, la plus juste & la plus intéressante qui fût jamais. Comment faire? Rien n'est plus aisé.

Rétablissons l'ordre, puisqu'il a été renversé dans cette partie ; n'ai-je pas démontré qu'on ne pouvoit élever une maison sur la voie publique, qu'elle ne fût construite principale-

ment pour la fureté, la falubrité & la commodité du public, fauf au propriétaire à s'arranger enfuite pour fa fureté, fa falubrité &
fa commodité perfonnelles? N'ai-je pas pofé
pour principe, & comme une vérité démon-
trée, qu'on ne pouvoit prefcrire contre la fureté, la falubrité & la commodité publiques?
qu'ainfi le Gouvernement étoit inconteftable-
ment le maître de les faire établir par-tout où
elles ne fe trouvent pas.

Qu'on me donne donc des étais, des pierres & des ouvriers, & j'établirai fous œuvre,
au rez-de-chauffée des maifons qui bordent
les rues de Paris, des paffages couverts pour
les gens à pied, comme a fait le Cardinal
de Richelieu, à la Rochelle, comme il en
exifte dans plufieurs autres villes où le befoin n'en eft pas auffi preffant qu'à Paris, &
comme en a établi en dernier lieu M. le Duc
de Chartres, aujourd'hui Duc d'Orléans, autour de fon jardin du Palais-Royal.

Ce que ce Prince a fait en fi peu de temps, eft
une preuve évidente que chaque propriétaire
pourroit le faire avec moins de temps encore
& infiniment moins de frais, puifque ce qu'il

auroit à faire feroit infiniment moins confidérable.

Mais comme il feroit moralement impoffible
de faire le tout à la fois, à caufe de l'im-
poffibilité morale de fe procurer la quantité
d'ouvriers , de pierres & d'étais pour que tout
fût fait à la fois , ce feroit à la fageffe du Gouvernement & à la vigilance des Commiffaires
qui feroient départis dans chaque quartier de la
ville, à choifir les moyens les plus convenables,
& à prendre les mefures les plus juftes pour que
le tout fût fait en détail , avec la célérité & la
folidité poffibles , laiffant aux propriétaires
opulens , qui feroient invités & obligés de
donner l'exemple , la liberté des ornemens en
colonnes & en périftyles.

S'il fe trouvoit au furplus des endroits qui
préfenteroient trop de travail & de difficulté,
on pourroit ne s'en occuper qu'après avoir
pourvu aux endroits les plus preffés & où il
exifte le plus d'embarras.

Il n'en coûteroit rien à l'Etat, puifque ce
feroit une dette dont les propriétaires s'ac-
quiteroient les uns envers les autres & envers
le public, ou plutôt l'affranchiffement d'une

fervitude qui accable toute la maffe de la fociété.

L'argent qui feroit employé ne fortiroit pas du Royaume ; il feroit dépenfé à fur & mefure par les Ouvriers. Eh ! qu'eft-ce que l'argent au prix d'un bien réel & public ! qu'eft-ce que des propriétés particulieres, ou, pour dire plus vrai, une ufurpation contre le droit de la nature & des gens, & contre le droit public, qui réclament contre une fervitude dont l'affranchiffement profitera d'une maniere inappréciable, à tous les propriétaires eux-mêmes & à leur poftérité, qui, au moyen de ce précieux établiffement, pourront vaquer en pentoufles & en robe de chambre à toutes leurs affaires du dehors, fans crainte du plus léger accident.

Au furplus, le Gouvernement & la Ville de Paris feroient les maîtres de faire les arrangemens & les actes de bienfaifance qu'ils jugeroient néceffaires, foit pour les dédommagemens qui leur paroîtroient fondés ; foit pour venir au fecours des particuliers qui n'auroient pas la force de fupporter les frais des changemens & des retranchemens qu'il y auroit à faire au rez-de-chauffée de leurs maifons pour y établir ces paffages couverts.

Or, dans le nombre des moyens qu'on pourroit imaginer, en voici un qui mettroit le Gouvernement à portée de fubvenir à tous ces befoins & au-delà, fans rien débourfer.

Qu'on calcule la quantité de rues de traverfe, je veux dire celles qui aboutiffent aux rues principales, qu'on apprécie en même temps la valeur de chaque bâtiment qu'on pourroit élever fur chacun des guichets qui feroient établis au bout de chaque rue de traverfe, du côté des rues principales, pour la communication & le paffage des voitures, defquels bâtimens les propriétaires des maifons formant les encoignures de ces mêmes rues, pourroient s'arranger & s'agrandir.

Par exemple, j'élève un guichet au bout de la rue des Poulies, du côté de la rue Saint-Honoré, un autre guichet au bout de la rue Champ-Fleury, ainfi des autres. Sur ces guichets on pourra élever plufieurs étages dont les propriétaires des maifons attenantes pourront s'agrandir, moyennant le prix qui fera convenu.

Cet

Cet objet, que je ne fais que préfenter ici, mérite la plus grande attention de la part du Gouvernement.

Qu'on ne s'imagine pas que le travail de ces paffages couverts pris & établis au bas des rez-de-chauffée des maifons qui bordent les rues, foit auffi confidérable qu'il peut le paroître au premier coup-d'œil.

Toutes les maifons qui ont leurs rez-de-chauffée bâtis en pierre de taille, comme celles des Feuillans dans la rue Saint-Honoré & ainfi des autres, préfentent des arcades & des ouvertures pour éclairer le paffage couvert qui feroit pris en dedans, de façon que l'ouvrage feroit fait & parfait, en perçant les murs qui féparent ces maifons, pour la continuation du paffage, & en faifant de nouvelles ouvertures pour les locataires des rez-de-chauffée, comme autour du jardin du Palais-Royal.

A l'égard des maifons dont les rez-de-chauffée ne font point en pierre de taille, rien n'empêche que provifoirement on ne faffe la même opération; fauf à obliger les propriétaires par la fuite, à bâtir fous-œuvre en pierre de taille,

B

fuivant un plan qui fera dreffé & donné pour
la plus grande fûreté, falubrité & commodité
publiques, même pour l'embelliffement de la
Ville: en attendant, les ouvertures actuelles
pourront fervir à éclairer le paffage couvert
des gens à pied.

Qu'on confulte au furplus les gens de l'art,
qui décideront fi l'exécution d'un projet auffi
falutaire & auffi indifpenfable dans Paris, pré-
fente des obftacles & des difficultés qu'on ne
puiffe furmonter, pourvu que les confidéra-
tions & les intérêts privés, toujours en oppo-
fition au bien & à l'intérêt général, veulent
ne pas s'en mêler, & fe taire.

Ces paffages couverts une fois établis, plus
de fervitudes, plus d'incommodités, plus
d'accidens malheureux. Tout le monde mar-
chera à couvert des injures du tems, des toîts
& des fenêtres des maifons: les gens à pied
& à voiture feront délivrés de la crainte d'incommoder & d'être incommodés, d'infulter
& d'être infultés, d'écrafer & d'être écrafés:
on ne fera plus alarmé des cris épouvantables
des cochers.

Les rues feront plus faciles à nettoyer &

à éclairer : la garde s'y fera à couvert pendant la nuit, quelque mauvais temps qu'il faffe : rien ne pourra échapper à la vigilance du Guet à pied & à cheval, qui, partant des extrémités oppofées, fe réunira & fe communiquera pour le bien de fa miffion.

Les perfonnes au furplus qui appréhenderoient de paffer dans ces galeries ou coridors, à des heures indues, pourront, comme aujourd'hui, paffer au milieu des rues. C'eft pour répondre à la feule objection que ces paffages couverts favoriferoient les entreprifes des gens à mauvais deffeins. Ce qui n'eft pas préfumable, & à quoi il feroit bien plus facile de pourvoir dans cette pofition nouvelle, foit par l'établiffement des fonnettes pour avertir les Corps-de-Garde, foit par d'autres moyens.

Les gens de peine qui font leur féjour dans les rues, même pendant la nuit, pour le fervice & la commodité du public, trouveroient un afyle, dans des temps trop rigoureux, fous ces paffages, qui feroient cependant interdits aux gens portant fardeaux & mal-propres, autant que faire fe pourroit.

Les perſonnes qui, à cauſe de leur rang, de leur ſanté, ou de leur âge, ne peuvent paroître aujourd'hui, décemment ou avec ſûreté dans les rues, auroient la liberté d'aller & de venir dans Paris, ſans crainte du plus léger accident.

Il en eſt de la commodité d'un carroſſe, comme de toutes les autres jouiſſances : on s'en laſſe à la longue : ſi c'eſt une peine de ne pouvoir aller qu'à pied, c'eſt un aſſujettiſſement plus nuiſible à la ſanté de ne pouvoir aller qu'en carroſſe : je ne ſçai laquelle des deux conditions eſt préférable.

Ces paſſages, galeries ou coridors qu'on auroit ſoin de tenir propres, offriroient la commodité d'aller dans Paris, toujours à pied ſec : qui dira que les pieds toujours dans la boue & dans l'eau, comme on les a aujour-'hui, ne font pas contraĉter des maladies graves, comme rhumes, fluxions de toute eſpece, goutte, humeurs froides, &c ?

Chaque pilier de ces galeries ou coridors ſeroit défendu par une borne, contre l'approche des voitures : leur épaiſſeur fourniroit l'emplacement d'une table proportionnée, fur laquelle, fans que le paffage fût gêné, feroient étalées, le long des rues, toutes les provifions de la journée, & chacun de ces piliers formeroit un objet de location pour les propriétaires à qui appartiendroient ces paffages, galeries ou coridors.

Dans cette pofition, les particuliers ainfi affranchis de tant fervitudes accablantes, ne fongeroient plus à s'en délivrer, par le brigandage & l'ambition d'un carroffe pour leur femme, ou pour leur maitreffe, ou ils ne feroient plus excufables aux yeux de la Loi.

Paris & les autres grandes Villes du Royaume, fi ce même plan y étoit exécuté, l'emporteroient fur toutes les Villes & fur tous les Royaumes du monde, pour les agrémens, & les commodités; ce qui attireroit en France une immenfité d'étrangers & de revenus.

Je ne vois d'obftacles que dans des boutiques, quelques cuifines & quelques écuries, fur l'emplacement defquelles il faudroit prendre celui du paffage couvert, du côté des rues.

Les marchands trouveront toujours à vendre, tant qu'il y aura des befoins d'acheter, un peu moins commodément peut-être, jufqu'à ce que les boutiques aient été rétablies, au fond des galeries ou coridors, ou aux entre-foles, ou même au premier étage, fi on ne pouvoit pas faire autrement. Sont-ce là des obftacles infurmontables ?

A l'égard des cuifines & des écuries qui ne font pas en grand nombre fur les rues, comme elles appartiennent la plupart à des propriétaires opulens : ces derniers feroient plus en état que les autres, de faire les facrifi-ces & les frais des changemens pour l'affran-chiffement d'une fervitude qui accable tout le public. Mais je le répete, les endroits qui pré-fenteroient trop de travail, n'occuperoient qu'après avoir pourvu au plus effentiel.

Peu importe que ces paffages ou galeries foient tirés au cordeau, qu'autant que l'ali-gnement des rues le permettra; il fuffira qu'ils foient commodes & folides : l'agrément & la commodité ne peuvent pas fe rencontrer par-tout.

Qu'on ne dife pas qu'aujourd'hui ce feroit attaquer le droit de propriété, que d'entre-prendre l'exécution d'un pareil projet, parce

qu'encore une fois , toutes les conceſſions ,
toutes les propriétés n'ont été établies dans
l'origine , que pour & à la charge de la ſûreté , de la ſalubrité & de la commodité publiques , contre leſquelles il eſt impoſſible de
preſcrire. En matiere de ſervitudes privées , la
preſcription n'a pas lieu ; à plus forte raiſon
en matiere de ſervitudes publiques ; parce
que notre ineptie , ou notre cupidité auroient
renverſé l'ordre dans cette partie, On ne pourroit donc pas nous obliger de le rétablir pour
notre plus grand bien. Cette conſéquence ne
peut partir que des mêmes cauſes.

Les embarras de Paris ſe ſont accrus à un
point , qu'on n'y diſtingue plus que deux claſ-
ſes d'hommes ; ſavoir celle des écraſans &
celle des écraſés. Cette ſeconde claſſe doit ſe
diviſer en deux autres ; ſavoir la claſſe des
gens de peine , que le beſoin & l'habitude du
travail , pour gagner leur vie , ont aſſujettis &
rendus comme inſenſibles à tous les genres de
ſervitudes : & la claſſe des bourgeois qui com-
prend tous les propriétaires des maiſons &
leurs locataires , qui ſont les Marchands , les
Négocians , les Artiſtes , les Gens de robe ,

B 4

les Militaires , les Eccléfiaftiques , les Etran-
gers & les gens de qualité qui n'ont pas les
facultés d'avoir une voiture : or , comme
cette claffe eft la plus confidérable , qu'elle
contribue le plus au fervice & aux charges
de l'Etat , & qu'elle n'eft pas infenfible , elle
mérite bien qu'on foit touché de quelque com-
paffion pour elle , & qu'on s'occupe efficacement des moyens d'empêcher qu'elle ne foit
écrafée.

Si ce n'eft pas pour eux que *les perfonnes*
qui, aujourd'hui, ont des voitures, fe prêtent à l'exécution d'un établiffement auffi
utile, que ce foit pour leurs parens qui n'en
ont pas , ou pour leurs defcendans qui pourront ne pas en avoir , & par amitié ou par pi-
tié pour leurs femblables.

SECONDE PARTIE.

Contre les Servitudes publiques des latrines
& des voieries.

O quifquis volet, impias
Cædes, & rabiem tollere civicam!... Horat. ibidem.

LES oifeaux dans leurs nids, les loups &
les ours dans leur taniere, les fourmis, les
caftors, les abeilles chez qui la nature a établi différentes fortes de gouvernemens, s'ar-
rangent de façon qu'ils ne font point incommodés par leurs immondices.

Sur cet objet, comme fur tant d'autres,
l'homme focial eft l'animal le plus inconfé-
quent & le plus inepte, fur-tout chez les Peuples & dans les Villes où il fait de fi belles pa-
rades, & le plus brillant commerce de fes talens, de fon induftrie, de fa fcience & de fes
beaux arts, que, par une inconféquence qui
me feroit croire que nous n'avons été ainfi
formés par la nature que pour lui fervir de
jouet, nous n'avons employés, dans tous les

:ems ; qu'à nous détruire , nous donner des
chaînes , multiplier nos befoins & nos incom-
·modités.

Mais je me renferme dans l'objet de la
feconde partie de ce difcours ; je ne traiterai
que de ce qui fe pratique dans Paris , j'en
expoferai les inconvéniens , & finirai par dire
ce qu'il me femble , qu'on devroit & qu'on
pourroit faire pour le mieux , fauf l'avis des
plus favans que moi.

Quand nous venons au monde , on nous enveloppe avec un tas de linges & de vêtemens
dans lefquels on nous laiffe jetter nos immondices qui fe corrompent , nous enflamment
la peau , & nous font crier , jufqu'à ce que
nous en ayons été délivrés par notre nourrice , qui , en punition de fon ineptie , en re-
çoit le parfum dans fes narines , & eft obli-
gée d'aller ou d'envoyer plus d'une fois la
femaine à la riviere , laver une très-inutile &
difpendieufe quantité de linges ; ce qui n'ar-
riveroit pas fi , parfaitement libres de notre
corps , nous étions tenus hors du gel , pendant
l'hiver , fous une bonne couverture , quand
nous repofons fur des feuilles bien feches , ou

fur quelqu'autre chofe d'équivalent, dont on auroit foin d'ôter ce que nous en aurions falli avec nos excrémens, qu'on feroit fecher pour être enfuite utilement employés.

J'eftime qu'il eft phyfiquement impoffible que, dans cette pofition, un enfant foit expofé au plus léger accident ; s'il en arrivoit ce ne pourroit être que par d'autres caufes dont les vêtemens les mieux ordonnés n'auroient pu les garantir. Tous ces linges, tous ces vête-mens ne peuvent produire d'autre effet que de rendre un enfant plus délicat, plus foible & plus fufceptible d'incommodités, fur-tout pour le tems de la dentition, pendant lequel il feroit à defirer, pour peu qu'il y eût inflam-mation, qu'on nourrît les enfans avec de l'eau d'orge, très-peu de lait ou d'autres alimens folides.

Au fortir des mains de notre nourrice, on nous fait affeoir, comme fi, à cet âge, nous avions befoin d'appui, fur un vafe dans lequel nous dépofons nos excrémens avec nos urines que ce mélange corrompt très-promptement, & produit ce méphitifme qui infecte ceux qui en approchent, & qui vont les vuider aux commodités.

Quand nous ſommes aſſez grands ; on nous laiſſe aller ſeuls à la garde-robe ou aux latrines ; & là , ſans ſonger qu'on pourroit faire mieux , nous nous accoutumons à reſpirer les vapeurs méphitiques des pots de chambre & des commodités ou latrines.

Ces garde-robes ſont de petits cabinets pratiqués exprès dans l'intérieur de nos appartemens , dans leſquels ſont renfermés tous les vaſes deſtinés à recevoir nos immondices qu'on porte vuider dans les commodités ou latrines de la maiſon.

Ces commodités ou latrines ſont de fort étroits , mais très-profonds précipices établis ſur l'eſcalier des maiſons , & qui aboutiſſent à des foſſes creuſées & maçonnées au deſſous du niveau des fondemens , entre ou à côté des caves ; c'eſt dans ces foſſes que ſe rendent toutes les immondices & tout ce qu'on jette par le tuyau des latrines qui y communiquent : on ne les vuide que lorſqu'elles ſont pleines , par la crainte que le tuyau ne creve , ou parce qu'elles régorgent.

On expédie , pour vuider ces foſſes , une charretée de petits tonneaux qu'on appelle

des *boëtes*, qu'on décharge dans la rue devant la maifon où l'opération doit fe faire:
l'air & tous les voifins en font infectés; les
paffans fe bouchent le nez & prennent la fuite.
Qu'on juge de l'état des perfonnes qui approchent de l'ennemi corps à corps, & qui s'en-
feveliffent dans cet abîme de corruption & de
poifon dont ils rempliffent leurs petits tonneaux qu'on recharge & qu'on porte vuider
dans de longs & larges foffés creufés exprès
aux environs de la ville, qu'on nomme *voieries*, comme pour faire la guerre au refte
des vivans.

Voilà ce qui fe pratique dans Paris, le Tem-
ple du goût, des fciences & des arts.

J'ignore à qui l'on a l'obligation de ces
précipices, de ces foffes & de ces voieries:
fi on avoit obligé l'inventeur & fa poftérité
à les vuider; car il paroît jufte qu'ils en euf-
fent fenti les premiers les horreurs & les inconvéniens; fans doute il fe feroit trouvé
quelqu'un de la famille, qui, pour affranchir l'humanité d'un fupplice auquel elle fe
condamne pour de l'argent, auroit imaginé
quelqu'autre expédient moins compliqué &

moins coûteux, pour débarraffer Paris de fes immondices, fans que fes habitans & toute la nature en fuffent infectés & empoifonnés.

Je conviens que l'odeur de nos excrémens nous avertit qu'ils ne font point faits pour co-habiter avec nous, & que leur deftination na-turelle eft d'en être éloignés; je crois auffi que ç'a été le principal motif de l'établiffement des latrines & des voieries; mais par l'expé-rience qu'on en a faite, & qu'on renouvelle tous les jours, il eft prouvé, comme on le fent encore davantage, que les propriétaires des maifons, en faifant conftruire chez eux un appartement pour loger leurs immondices, & la Police ne les faifant vuider & tranfpor-ter dans de larges foffés creufés exprès aux environs de la ville, qu'après leur avoir fait acquérir le plus haut degré de corruption & de malignité, on ne pouvoit pas mieux s'en-tendre pour les avoir fans ceffe fous le nez, dans la plus grande quantité poffible, & dans une qualité infiniment plus nuifible, que fi on eût continué de les jeter dans les rues, où l'on auroit pu les ramaffer avant leur en-tiere corruption, & les porter çà & là dans les champs pour en fertilifer les terres.

Se peut-il qu'on ait imaginé & accueilli un expédient auffi évidemment contraire au but qu'on fe propofoit? Si jamais remede fut pire que le mal, c'eft celui-là.

Des Voyageurs m'ont affuré qu'en venant à Paris pour la premiere fois, ils avoient fenti à une lieue de diftance, une odeur qui les avoit accompagné jufques dans l'intérieur de la ville, & qui ne les quittoit pas.

On ne peut entrer dans aucune maifon, fans être infecté des vapeurs méphitiques, qu'exhalent, fur-tout dans les temps humides, les commodités. Il en eft chez les grands Seigneurs, & même chez le Roi, dont l'approche fait foulever le cœur.

Comment peut - on trouver des hommes qui, pour de l'argent, fe condamnent au fupplice qu'on fouffre en vuidant les foffes? comment ces malheureux ne font-ils pas retenus par la crainte de la mort que nombre de leur camarades en ont reçue?

Je me fuis trouvé deux fois à côté des voieries, fans le favoir : il falloit qu'elles ne fuffent pas connues du temps des Anciens,

puifque leur Mythologie ni leurs Poëtes n'en
ont point parlé dans les defcriptions qu'ils
nous ont laiffées des horreurs du Tartare;
elles n'approchent pas de celles que renferment & qu'exhalent fans ceffe ces gouffres de
corruption & de poifon. Je remarquai que les
habitans voifins avoient, fur-tout les enfans,
un teint livide & cadavéreux. De retour chez
moi, je fus obligé de faire changer les bou-
tons & les boutonnieres en or de l'habit que
je portois, que les vapeurs de ces infames
réfervoirs de nos immondices avoient noircis
à tel point, que je crus d'abord que mon
Tailleur m'avoit trompé.

Qui dira que ces cloaques de corruption
ne font pas la caufe de beaucoup de maladies,
ou un obftacle à la cure ? Que feroit-ce, &
que deviendrions-nous, fi la population étoit
affez confidérable pour être obligé d'employer une grande partie de notre globe à
bâtir des maifons & des villes comme Paris,
& que le refte de la terre ne feroit couvert
que de ces marais de nos immondices ?

Comment, les Académies, toute scompo-
fées de gens honnêtes, & qui font profeffion

de

de plus de lumiere en tout genre, voient ces horreurs de fang-froid, & n'ont pu encore parvenir à affranchir la Capitale d'une fervitude qui fe fait fentir jufques fur le Trône!

Il en eft des Gouvernemens comme des Médecins : le grand art ou le grand bien eft d'aider la nature; comme le plus grand mal eft de la contrarier.

Nos excrémens n'étoient pas faits pour être mêlés avec nos urines, ni pour qu'on leur fît acquérir le plus haut dégré de corruption & de malignité, dans l'intérieur de nos maifons, ni pour qu'ils fuffent tous raffemblés autour de nous, dans de larges & longs foffés creufés exprès aux environs de la Ville : on n'intervertit pas impunément l'ordre naturel des chofes : il ne faut pas s'étonner fi la nature s'irrite contre nous, de ce que nous difpofons de nos excrémens contre fon gré, & fi elle nous punit du larcin que nous en faifons à la terre à qui nous les devons, en retour des productions qu'elle nous délivre, ou parce que nous ne les lui donnons qu'après leur avoir fait acquérir le plus haut dégré de corruption & de malignité.

C

Ce second genre d'inconvénient n'est pas moins grave & mérite encore une attention plus sérieuse.

J'ai dit plus haut que, l'odeur de nos excrémens nous avertit qu'ils ne sont pas faits pour cohabiter avec nous, & que leur destination est d'en être éloignés. N'est-ce point là le cri de la nature, & une réclamation de sa part en faveur de la terre ? Comment reproduira-t-elle ce que nous en avons déja retiré pour notre subsistance, si nous lui ravissons les moyens que la nature nous a indiqués pour cet effet ?

La terre donne la nourriture aux animaux & aux végétaux qui nous donnent la nôtre: nous voyons les gens de la campagne s'empresser de ramasser dans les chemins, les excrémens des chevaux & autres animaux qui passent : nous les voyons s'occuper très-sérieusement des moyens de se procurer la quantité de fumier dont ils ont besoin pour fertiliser leurs terres : on a éprouvé que les meilleures s'épuisent, si on néglige de les réparer & de les entretenir avec du fumier. Le fumier est

donc ce que nous pouvons donner de plus précieux à la terre.

Je ne penfe pas qu'il en exifte d'auffi précieux que celui de nos excrémens, à caufe
de la quantité & de la qualité des fels qu'ils
doivent néceffairement renfermer, eu égard
à notre maniere de nous alimenter.

Or, j'eftime d'après les regles générales
de la nature, que le fumier que peuvent donner les excrémens d'un homme, dans le cou-
rant d'une année, doit faire produire à la
terre, fans la fatiguer, autant & en meilleure
qualité, que ce qu'il en a retiré l'année pré-
cédente.

La ville de Paris renferme un million d'habitans que la terre nourrit & qui ne lui rendent rien ; au contraire, puifqu'ils préferent de
laiffer corrompre leurs excrémens & de s'en
empoifonner.

Qu'on calcule le tort que cette privation
fait à la terre & à fes habitans. Il eft clair,
d'après mon eftime, que le tort doit fe mon-
ter à une perte de productions capables de
nourrir un million d'hommes.

Il ne faut pas s'étonner fi toutes les produc-

C 2

tions , tant en animaux qu'en végétaux , aux
environs de Paris, font infipides & mal faines.
Eh ! comment ne le feroient-elles pas , puifque ce qu'un million d'habitans pourroient &
devroient donner de plus précieux à la terre,
pour en réparer les forces & la bonifier,
tombé non-feulement en pure perte pour elle,
mais encore devient un poifon pour nous &
pour fes productions ? Eft-il de légumes &
de jardinage plus infipides , plus fades, plus
mal-fains que ceux des environs de Paris ? Le
gibier n'y vaut pas mieux.

On a remarqué que les perdrix de la plaine
de Saint-Denis font d'une fadeur dont rien
n'approche , qu'elles fe corrompent plus vîte
que les autres , & qu'il s'engendre des vers
dans leur chair ; ce qui ne peut provenir que
de ce qu'on emploie le fumier des voiries voi-
fines pour engraiffer les terres de cette plaine.

Ce fait prouve clairement que les productions , tant en animaux qu'en végétaux, des
terres ainfi engraiffées avec le fumier des voieries de Paris , ne peuvent renfermer que des
principes de corruption & des germes vermi-
neux, qui forment un poifon 'd'autant plus

dangereux qu'il eſt caché & identifié avec les productions qui ſervent à notre nourriture de tous les jours.

Quelle autre cauſe nos Médecins & nos Phyſiciens les plus expérimentés pourront-ils raiſonnablement ſuppoſer de la maladie des dartres rongeurs qui affligent près des trois quarts des habitans de Paris, de la malignité des fievres qui réſiſtent à tous les remedes, de tant d'affeſtions nerveuſes, & incommodités habituelles qui font de l'exiſtence un ſupplice qui s'accroît juſqu'au tombeau ?

Tout le monde eſt d'accord qu'une bonne conſtitution, qu'une ſanté robuſte, ſont les plus précieux de tous les biens, & il eſt de fait que ce ſont les objets dont on s'occupe le moins & qu'on s'empreſſe le plus à détruire.

L'or, l'argent, les bijoux, les honneurs, les places éminentes, & généralement tous les objets de faſte, de luxe & de molleſſe, attirent tous nos hommages, excitent toute notre ambition, nos querelles & nos guerres.

Il eſt vrai cependant que lorſqu'on en eſt raſſaſié, qu'on s'eſt épuiſé, ſuivant la maxime, *vie courte & bonne*, qu'on s'eſt tourmenté le corps & l'esprit, qu'on s'est ce qu'on appelle bravement égorgé sur mer & sur terre, qu'enfin, pour prix de tant de folies, on se sent déchiré par les douleurs, & qu'on se voit environné des horreurs de la mort avant le terme ordinaire, il ne reste que des regrets d'avoir tant abusé; c'est alors qu'on connoît ses erreurs, & qu'on donneroit toutes ces brillantes chimeres pour une nuit de bon sommeil, pour la santé & la condition du dernier des Savoyards. Un Général d'armée disoit, dans ce moment critique, qu'il se sentiroit plus flatté de pouvoir se rappeller d'avoir donné un verre d'eau à un misérable, que du souvenir de ses victoires.

Mais s'il étoit possible de faire produire à la terre une nourriture capable de retarder ou même de réparer ces épuisemens de nos forces & de notre santé, en écartant tout ce qui peut engendrer la corruption, soit dans l'air que nous respirons, soit dans les productions dont nous faisons le plus d'usage, soit dans leurs apprêts, & en rapprochant tout ce qui peut rendre ces mêmes productions aussi saines, aussi balsamiques, aussi anti-vénéneuses qu'il

feroit poffible, pourquoi ne pas en faire l'objet de nos principales occupations ?

Dans cette vue, après avoir expofé les inconvéniens qui réfultent de l'établiffement
des latrines & des voieries, inconvéniens
qu'on ne fauroit trop exagérer, je vais entrer
dans quelques détails qui feront connoître
que, fi d'après des effais ou des expériences
qu'on ne peut trop répéter, nos excrémens
étoient adminiftrés comme fumier, pour les
productions dont nous faifons le plus d'ufage,
il en réfulteroit les avantages les plus précieux qui feroient de faire paffer, par la voie
de la végétation, dans ces mêmes productions,
des fels & des propriétés capables de nous
faire vivre exempts de toute efpece d'infirmités & de réparer nos forces épuifées, à
moins que la qualité de l'air ou d'autres caufes
qu'on pourroit & qu'on auroit grand foin
d'éloigner, n'y fiffent obftacle.

Je preffens d'avance que la matiere que je
traite ne fera pas du goût de beaucoup de
perfonnes, & qu'il leur paroîtra ridicule que
j'en aie fait le fujet d'un difcours auquel j'at-
tache la plus grande importance pour le bien

C 4

de l'humanité. Mais je demande à ces perfonnes fi délicates fur tout ce qui affecte
leurs fens, comme leur orgueil, fi ce n'eft pas
entre les boyaux & la veffie de leur mere
qu'elles ont reçu l'être, & fi ce n'eft pas là
qu'elles ont logé pendant neuf mois? je leur
demande fi aujourd'hui leurs excrémens &
leurs urines ne font pas partie de leur corps,
fi elles pourroient exifter fans en avoir, &
fi ce n'eft pas de leur bon état que dépend
leur fanté? je leur demande fi leurs ongles &
leurs cheveux ne font pas des excrémens? je
leur demande fi leur bouche de corail & leurs
dents d'ivoire exhalent une odeur plus agréa-
ble, pour peu qu'on néglige de les nettoyer,
fur-tout après avoir mangé de la viande ou
de l'ail? je leur demande enfin fi leurs corps
fi gentils, caufe & inftruments de tant d'ex-
travagances & de douleurs, exhalent une
odeur de jafmin, lorfqu'ils font rongés par
la maladie, & s'ils n'exciteroient pas plus
d'horreur & ne produiroient pas des inconvéniens infiniment plus dangereux, fi après leur
mort, on les entaffoit les uns fur les autres, &
qu'on leur fît acquérir le plus haut degré

de corruption & de malignité, comme nous faisons de nos excrémens & de nos urines.

Prenons soin de nos ongles, de nos cheveux, de notre bouche & de notre corps, moins pour l'intérêt de nos plaisirs qui les flétrissent, que pour l'intérêt de notre santé qui les conserve dans tous leurs agrémens ; mais n'ayons pas une sotte répugnance pour nos excrémens & pour nos urines, qui font ce que nous pouvons produire de plus précieux, & dont nous pouvons tirer le plus grand parti pour le bien de notre existence physique, au prix de laquelle l'existence morale n'est qu'une chimere.

Mais encore, s'il étoit vrai que la nature, nous faisant éprouver un si doux penchant & un plaisir si vif à nous reproduire, eut fait passer dans nos excrétions & dans nos sécrétions plus de moyens de réparer nos pertes, comme pour empêcher toutes nos maladies ?

Je dis donc que, quoique l'odeur de nos excrémens & de nos urines soit désagréable, elle n'est point mal saine ; au contraire, lorsque leur mélange ne les a pas corrompus.

Nous voyons des quadrupedes, qui ne vont

point après les excrémens de leurs femblaᵈ
bles , courir après les nôtres & s'en régaler.

A Saint-Domingue , j'en ai vu adminiftrer
pour remede à des Negres attaqués du fpafme.

Un Negre Indigotier , mordu ou piqué
par une araignée à cul rouge, qui eft très-
vénimeufe , fut porté en ma préfence , devant
fon maître , habitant de la paroiffe de Jean-
Rabel. Le Negre jettoit le haut cri , fe rou-
loit par terre , fe roidiffoit dans tous fes membres ; le Chirurgien abfent avoit emporté la
clef de la Pharmacie , où étoit la thériaque ,
qu'on emploie dans ces cas-là. L'habitant qui
favoit le fecret , fe fit apporter un de nos excrémens de la journée ; il en délaya la dofe d'en-
viron un gros dans un demi-verre d'eau-de-
vie de fucre qu'il fit avaler au Negre qui fut
guéri dans l'efpace d'une feconde , & fut re-
prendre fon travail.

Une fervante de la maifon de mon pere ,
laquelle a pris foin de mon enfance , a bu fes
urines pendant dix-huit mois , pour caufe de
maladie , & s'en eft très-bien trouvée.

J'ai vu des perfonnes fe laver les mains
avec leurs urines , pour en blanchir & adou-

cir la peau ; d'autres s'en baigner les yeux, pour se fortifier & se conserver la vue : J'ai connu un jeune homme sous lequel un pot-de-chambre avoit cassé , & qui s'en étoit enfoncé les morceaux dans les fesses , se servir avec le plus grand succès , de son excrément pour arrêter le sang & cicatriser la plaie.

Mais nous - mêmes ne nous faisons - nous pas un régal des excrémens d'une bécasse & de tous les oiseaux qui ne se nourrissent que d'insectes & de vers de terre ?

Je ne rapporte ces exemples qu'afin de prouver non-seulement que nos excrétions & nos sécrétions ne sont point mal-saines, & qu'on peut se familiariser avec sans nul inconvénient, que notre répugnance pour elles ne vient que de notre première éducation & de nos foibles préjugés très-excusables, j'en conviens, depuis que par leur mélange, notre ineptie & notre paresse en ont fait un poison qui nous infecte , mais principalement pour faire connoître qu'elles renferment des alkalis & des propriétés très-balsamiques & très-antivénéneux que, par la voie de la végétation, on pourroit faire passer dans les productions dont

nous faifons le plus d'ufage pour notre nourriture, fi on les employoit comme fumier ,
avant d'être corrompues.

On dit qu'en Hollande & en Flandres , on
en fait un commerce, mais qu'on ne les emploie qu'après leur avoir fait acquérir un cer-
tain degré de corruption, qu'on eftime par
leur impreffion fur la langue.

Le froid, dans les pays du Nord , peut mo-
dérer les inconvéniens d'un procédé qui me
femble vicieux, bizarre & contraire au bon
fens ; parce qu'il eft clair que nos excrémens
ont acquis dans nos inteftins, le degré de
fermentation convenable pour être employés
comme fumier , dans leur état naturel : les feu-
les difficultés que j'y trouve, font que le befoin de s'en fervir comme fumier, n'eft pas
journalier , & que leur emploi n'eft pas com-
mode tant qu'ils font mols.

Le grand & premier point feroit donc de
faire fécher nos excrémens, ainfi que ceux des
autres animaux, pour être réduits & employés
en poudre qu'on auroit foin de couvrir avec
un pouce de terre, pour les légumes, le jardinage & les arbres fruitiers.

Le fecond point feroit d'extraire de nos urines les fels qu'elles renferment.

Le troifieme point feroit d'employer toute notre induftrie & nos expériences, afin de faire paffer dans les productions dont nous faifons le plus d'ufage, les fels balfamiques & anti-vénéneux de nos excrémens & de nos urines, à dofe convenable.

Le quatrieme point feroit d'éloigner de nos cuifines tous les vafes fufpects & les apprêts qui ne feroient pas de la meilleure qualité.

Le cinquieme feroit de tenir nos maifons, l'intérieur de la ville & les environs très-propres, pour la falubrité de l'air que nous refpirons & qui communique avec nos alimens.

Le fixieme enfin feroit d'établir des prix & des récompenfes pour les perfonnes qui donneroient les meilleures recettes pour la préparation & la culture des terres, pour l'exploitation & la préparation de notre fumier & de celui des autres animaux, ainfi que de la litiere, afin de rendre les productions à notre ufage auffi faines auffi balfamiques, auffi anti-vénéneufes qu'il feroit poffible, pour la falubrité de l'air, en donnant les moyens

d'empêcher qu'il ne pût être infecté par la corruption des animaux qui meurent, ainsi que
des nôtres, ou même d'en tirer avantage pour
nous ou pour les biens de la terre, & enfin
pour tout ce qui pourroit contribuer à écarter
tous les principes de corruption qui font une
des caufes de notre deftruction, & à rapprocher toutes celles de notre confervation.

Ne jugeant & ne devant juger du mérite des
fciences & des arts que par les avantages réels
& non chimériques qu'ils procurent aux hommes, je regarderois ceux qui nous donneroient
des regles fures pour remplir tous ces objets
que je ne fais que préfenter, comme des Divi-
nités bienfaifantes, & je les placerois infiniment au-deffus des Ariftote, des Defcartes,
des Newton, des Copernic, &c.

Du temps des Romains, les plus grands
perfonnages ne s'occupoient que de la culture
des terres : c'étoit eux qui nourriffoient les
habitans de la fameufe ville de Rome pendant la paix, & qui la défendoient pendant la
guerre.

Aujourd'hui cette fcience, la premiere de
toutes, eft abandonnée à l'ignorance des gens

de la campagne ; & c'eſt la ſcience dont toutes les Académies s'occupent le moins.

Le grand art de la culture des terres eſt de les bien préparer, en écartant tout ce qui peut nuire à leur production, & en leur procurant tout ce qui peut les bonnifier.

Que nos Académies apprennent donc aux ignorans Cultivateurs à bien préparer leurs terres, & leur indiquent ce qui peut nuire à leurs productions & les bonnifier.

Les meilleures terres pour les productions à notre uſage, ſont celles où l'infiltration des ſels & autres combinaiſons de matieres qui ſervent à les rendre très-ſaines, très-balſamiques & anti-vénéneuſes, ſe fait ſans mélange d'aucune matiere étrangere, graſſe, viſqueuſe, cotrompue, capable de gêner l'infiltration des ſels, d'en altérer les propriétés & les bonnes qualités de ces mêmes productions.

Il eſt des terres naturellement compactes, humides, viſqueuſes, qui ne ſont bonnes que pour les pâturages ; les productions à notre uſage n'y végéteroient que difficilement, & ſeroient de mauvaiſe qualité.

Je reviens à mon ſujet : je dis donc que

la grande difficulté pour ce qui concerne l'exploitation & l'emploi de nos excrémens & de nos urines, ne feroit pas de rétablir l'ordre de la nature dans cette partie, puifqu'il ne feroit queftion que de ne pas les mêler enfemble, & de nous fervir de notre induftrie & de nos connoiffances pour en faire l'emploi le plus conforme à leur deftination naturelle & à nos befoins; notre induftrie produit des chofes infiniment plus difficiles, auxquelles nous attachons tant de mérite, & un fi haut prix, que nos fciences & nos arts ne s'occupent depuis long-temps, que d'objets frivoles pour nous diftraire & nous amufer comme des enfans, & qui finiffent par nous ennuyer comme eux : les objets relatifs à notre confervation ont tous été abandonnés.

L'homme eft un animal qui n'eft fufceptible que d'impreffions; celles qui lui font le plus de plaifir déterminent fa volonté : celles qui le frappent & l'étonnent plus ou moins reglent fon jugement; l'art d'en impofer, de furprendre & de nous aveugler fur nos vrais intérêts, a fi fort pris racine, que les fciences, les arts & l'induftrie, tout, en un mot,

n'eft

n'eſt plus qu'eſcamotage & que charlatanerie.

Dans cette poſition , je regarde le pouvoir de l'habitude comme un obſtacle preſqu'invincible. Mithridate , accoutumé au poiſon, ne put en tirer au beſoin, le ſecours qu'il s'en étoit promis: il en eſt ainſi de l'homme ; quand il a pris ſon pli , il eſt plus que moralement impoſſible de le redreſſer.

En effet , comment parvenir à changer la forme des chaiſes percées , à ſupprimer les commodités & les lieux à l'angloiſe? comment parvenir à faire combler les latrines & les voieries , & à établir une marche nouvelle pour nous délivrer de tant de corruptions qui nous infectent & nous empoiſonnent , ſi on y eſt accoutumé, ſi on ne ſent pas ſon mal, ſi perſonne ne réclame, & ſi on dédaigne de s'en occuper? comment perſuader aux hommes & aux femmes environnés de parfums & enivrés de préjugés, que leurs excrémens & leurs urines ſont ce qu'ils peuvent produire de plus précieux pour eux & pour leurs enfans, afin d'obliger la terre à les nourrir & à les entretenir exempts de toute eſpèce d'infirmités ? pour tout dire enfin , comment par-

D

venir à faire notre plus grand bien de ce dont
nous faisons notre plus grand mal, s'il est de
l'essence de ce que nous appellons *raison hu-
maine* de se trouver sans cesse en contradic-
tion avec la nature comme avec nous-mêmes,
& que nos penchans pour les frivolités & les
brillantes chimeres, nous fassent trouver du
plaisir à être les artisans de nos incommodités,
de nos malheurs & de notre destruction ?

Que notre sot orgueil ne s'imagine pas que
ce soit pour nous que la nature nous a faits,
c'est pour elle : si elle a mis en nous, comme
dans les autres animaux, un penchant & un
plaisir à nous élever, à nous alimenter, & nous
reproduire, c'est pour la conservation de notre
espece, & non pour la conservation de notre
individu, au contraire; puisque nous éprouvons
que plus on se livre à ces penchans & à ces plaisirs, plus on s'incommode, plus on s'énerve,
& plutôt on se détruit; ce sont nos plus dangereux ennemis, parce qu'ils font partie de
notre être; plus les causes physiques nous
portent à nous y livrer, plus les causes morales doivent nous en défendre. Qu'importe
à la nature que nous nous abandonnions à

tout ce qui peut nous incommoder & nous détruire ? l'espece ne se perdra pas : il y a long-temps que le globe terrestre n'existeroit plus, si la nature l'avoit mis, comme nous, au pouvoir de nos folies.

Tenons-nous donc sur nos gardes contre nos penchans & contre les funestes préjugés de notre malheureuse éducation; faisons tous nos efforts pour ne pas être tout-à-fait leur jouet & leur dupe; travaillons pour le bien de notre existence, & non pour son malheur.

Après la santé du corps, le contentement ou le repos de l'esprit, s'ils ne sont point altérés par le travail & le souci de se procurer le nécessaire pour la vie animale, je regarde tout le reste, qu'on appelle *purs agrémens*, comme des remedes pour ceux qui en ont besoin pour exister.

Jouissons de ces agrémens, sans en avoir un pressant besoin; mais ne leur sacrifions jamais notre repos, encore moins celui des peuples.

Maîtres de la terre, pourquoi ne pas nous entendre, afin de nous communiquer nos connoissances & nos découvertes, pour en

D 2

faire, pendant le peu de temps que nous y
logeons, un féjour de délices, plutôt qu'un
théatre de mifere, d'horreur & de carnage ?
Que nous manque-t-il pour faire notre bonheur & celui des peuples qui nous font con-
fiés ? Ne vaudroit-il pas mieux que nous fuf-
fions nés dans la claffe des brutes, fi les avantages qui nous élevent & qui nous diftinguent,
ne fervent qu'à nous rendre plus infenfés, plus
miférables, plus féroces, & à nous apprendre à nous mieux égorger pour des chofes
dont la poffeffion & l'ufage nous énervent
beaucoup plus qu'ils ne nous fortifient, &
qu'au pis-aller, tous les Princes peuvent fe
procurer très-aifément fans troubler le repos
des peuples qui peuvent très-bien s'en paffer ?

Mais je me renferme dans les bornes que
je me fuis prefcrites, de ne traiter que de ce
qui fe pratique dans Paris, quelque rapport
qu'ait la matiere avec toutes les nations, &
à ce qu'il conviendroit à chacune de faire pour
le mieux qui feroit de n'employer les talens,
le courage, la force & la richeffe, à l'exemple du plus jufte, du meilleur des Rois, NOTRE
AUGUSTE MONARQUE, qu'à empêcher &

prévenir les guerres , à éloigner & anéantir
toutes les caufes phyfiques & morales de nos
incommodités & de notre deftruction, & à
rapprocher toutes celles de notre bien-être &
de notre confervation , malgré nous·mêmes ,
malgré nos penchans & malgré nos préjugés
qui jufqu'ici nous ont donné le change.

Commençons donc par nous affranchir des
fervitudes qui nous écrafent & qui nous em-
poifonnent.

Voici enfin ma méthode pour me débarraffer de mes immondices, & les faire fervir à
mon plus grand bien , fauf l'avis des vrais favans & amis de l'humanité, que je fupplie de
fe joindre à moi & de feconder mon zele.

Je ne mêle jamais mes excrémens avec mes
urines ; c'eft le point effentiel. J'ai dans ma
garde - robe une chaife en forme de bidet,
très-commode , fur laquelle je m'arrange de
façon que mes urines font reçues dans un vafe
& mes excrémens dans un autre , celui-ci fait
de façon à pouvoir contenir une demi-feuille
ou un fac de papier collé (le papier qui boit
ne vaut rien), qui leur fert d'enveloppe. Mes
excrémens ainfi enveloppés ne donnent plus

D 3

d'odeur; je les cache, pendant l'été, dans l'endroit le plus exposé au soleil de mon appartement : pendant l'hiver, je les arrange sur d'étroites tablettes de fer blanc pratiquées dans l'intérieur de ma cheminée, au niveau du chanbranle; il faut y regarder pour s'en appercevoir. J'ai remarqué avec étonnement, la premiere fois, que lorsqu'ils sont secs, ils ne formeroient pas, au bout de l'an, le volume d'un demi - piedcube; à fur & mesure qu'ils sont bien secs, je les enferme dans une boëte, à couvert de l'humidité, les enveloppes me servent pour le même usage, ou j'en allume mon feu. Lorsque ma boëte est pleine; ou même avant, je les donne ou je les vends à mon Jardinier, qui m'apporte en retour, les plus fines salades, les plus excellens légumes & les meilleurs fruits. Il seroit à desirer, ainsi que je l'ai déjà dit, qu'on fît sécher aussi les excrémens des animaux; j'estime que leur fumier, ainsi que le nôtre, quand il a été corrompu par l'humidité, ou lavé par les pluies, est dénaturé & dépouillé de ses sels.

Si mes excrémens ne sont point assez liés

pour être enveloppés, on jette deſſus une cuillerée de vinaigre ou de la cendre qui les neutraliſent & en empêchent le méphitiſme : on les mêle alors avec les ordures des balais qu'on porte au coin des bornes où il ſont enlevés par les tombereaux de la ville, ſans que perſonne s'en apperçoive, & ſans nul inconvénient.

Quand je me trouve éloigné de chez moi, je donnerois volontiers un ou deux ſols, pour trouver dans mon chemin une chaiſe comme la mienne, au lieu de latrines qui m'empoiſonnent gratuitement; ce ſeroit un revenant-bon pour les domeſtiques des maiſons qui ſeroient autoriſés par le Gouvernement à en avoir pour la commodité du public, & en ſuivant ma méthode pour les faire ſécher, ils en tireroient encore du profit de la part du Cultivateur.

Quant à mes urines, en attendant qu'on ait établi des laboratoires pour en extraire les ſels, ou des commodités pour les faire filtrer, à travers du ſable ou de la terre, afin d'en retenir les ſels qui ſeroient enſuite utilement employés, j'en appaiſe l'odeur avec de l'eau,

& les jette dans la cour par le tuyau de plomb qui y communique.

Les domeſtiques pourront faire pour eux & pour leurs maîtres, ce que je fais pour moi; les pauvres gens ne feront pas les derniers à trouver des moyens de faire fécher leurs excrémens , & à venir nous débarraſſer des nôtres, quelque modique que foit la valeur qu'on y attachera, lorſqu'ils feront bien fecs.

Les gens de l'art peuvent être conſultés & invités à donner les moyens les plus faciles & les moins diſpendieux , afin de faire fécher les excrémens dans toutes les maiſons, en établiſſant , à la même place des latrines, des étageres pour y placer les excrémens enveloppés , & en y faiſant paſſer un tuyau de bas en haut qui communiqueroit au feu de la cuifine ou des poëles. Cette marche nouvelle ne feroit pas ſi difficile , ni ſi diſpendieuſe que celle des foſſes & des voieries ; une fois nos excrémens fecs , plus de ſervitudes , plus de corruption , mais beaucoup d'avantages à la place de tant de maux.

Voilà donc ma méthode & mes idées ; je ne ferai pas jaloux qu'on en donne de meilleures ; je le defire de toute mon ame , pourvu que nous ceffions de faire notre plus grand mal, de ce dont nous pouvons faire notre plus grand bien.

J'ai donc prouvé qu'il en a été jufqu'ici, de notre maniere de nous débarraffer de nos immondices dans Paris & dans prefque toutes les villes du Royaume, comme de notre ma-niere de nous y loger ; nous nous fommes bâti de façon à nous faire écrafer dans les rues , & nous nous fommes arrangés pour nous débar-raffer de nos immondices , de façon à nous en empoifonner.

Le mal des fociétés ne vient que de ce que chacun des affociés n'a travaillé que pour lui & non pour la fociété , & qu'il ne peut réful-ter de cet égoïfme qu'un mal général, ainfi que pour ceux-là-mêmes qui en font la plus fotte profeffion.

Si dans tous les établiffemens qui ont ou peuvent avoir quelques rapports à l'intérêt pu-blic , le Gouvernement obligeoit de fuivre un plan relatif à la plus grande commodité & à la fureté, en un mot, au plus grand bien général, fauf enfuite au particulier à s'ar-

ranger pour fa commodité perfonnelle , tout
feroit dans l'ordre : je regarde cette regle
comme fure, & je ne conçois pas pourquoi
on ne la fuit pas , à moins qu'on ne foit d'avis
que l'ordre eft un mal & le défordre un bien.

Il en eft de l'ordre moral comme de l'ordre
phyfique ; un corps n'a de force que par l'u-
nion de fes parties. Un bâtiment, s'il ne forme
pas un tout par fon enfemble , de façon que
les parties fe prêtent mutuellement toutes
leurs forces , il faudra des étais pour chacune
de fes parties ; alors toutes les précautions &
la vigilance des gens de l'art n'empêcheront
pas qu'il ne fouffre & qu'il ne s'écroule.

Il en eft de même de tous les Gouvernemens : fi l'ordre moral qui les conftitue permet
que chaque membre ait la liberté de ne rapporter qu'à fon intérêt perfonnel ou à fon ca-
price , ce qu'il ne doit rapporter d'abord &
principalement qu'à l'intérêt public & aux
regles pour fon maintien , ils feront expofés
aux mêmes inconvéniens que le bâtiment dont
je viens de parler. Il eft bien plus facile de
maintenir le bon ordre que d'y fuppléer par
des étais : que de foins, que de travaux, que

de peines, que de désagrémens on éviteroit, si tout étoit dans l'ordre, & qu'à force d'y veiller & de le maintenir, on en feroit contracter l'amour & l'habitude.

Je crois aussi avoir suffisamment établi la nécessité, les avantages & les moyens de nous affranchir de tant de servitudes, c'est au Gouvernement à les apprécier & à ordonner.

Qu'il me soit permis d'ajouter que dans un siecle aussi éclairé que le nôtre, le bien n'est pas plus difficile que le mal : il n'est question que de le vouloir efficacement & d'éclairer la main-d'œuvre avec le flambeau du zele & de la connoissance de l'ordre, par qui seul tout se conserve, & sans lequel tout se détruit. Abandonnons un chemin que notre aveuglement sur nos véritables intérêts a tracé, & que nos funestes préjugés entretiennent ; tenons pour maxime certaine qu'on ne pourra violer sans crime, que la félicité particuliere ne peut exister sans la félicité générale, à laquelle tout doit se rapporter. Avec un peu de gêne dans les commencemens, de la vigilance, du travail & du *castigantque pigras*, nous parviendrons à éloigner toutes les causes physiques & morales de nos incommodités ; de nos malheurs & de notre destruction , & à substituer à leur place , toutes celles de notre bonheur & de notre conservation. Que l'amour du bien public soit la regle de toutes nos entreprises & de tous nos établissemens ; regardons & traitons comme ennemis publics & les auteurs de nos maux , ceux qui ne consultent & qui n'agissent que pour leur intérêt personnel.

Tels sont les vrais & seuls praticables moyens d'établir parmi des êtres sensibles & raisonnables , le système que *tout est bien*, sans recourir aux vaines spéculations de nos prétendus nouveaux Philosophes.

Quel regne pouvons - nous mieux choisir pour opérer ce grand œuvre , que celui d'un Monarque dont la tendre affection pour son peuple & son amour pour l'humanité, lui font rapporter tous les travaux , la vigilance & la sagesse de ses Ministres , au repos de toutes les nations , & le zele des Magistrats ses subdélégués , au bonheur de ses sujets.

Ce que nous appellons richesse n'est rien, la vie des hommes est quelque chose; l'or &

l'argent n'ont de valeur que celle qu'il nous a plu de leur donner , afin de faciliter davantage nos befoins phyfiques , dans la claffe de ceux qui vivent dans les villes , &c. (Hélas ! notre fainéantife , notre cupidité , tous nos maux ne fe font engendrés & accrus qu'avec les efpeces.). Faifons-nous la grace de nous eftimer un peu plus : la terre n'a produit les métaux que pour notre commodité ; nous ne les mangeons pas : nous pouvons donc vivre & exifter fans eux : n'en faifons donc pas la caufe & les inftrumens de nos incommodités , de nos miferes , de nos crimes & de notre deftruction : qu'ils ne fervent au contraire qu'à les empêcher , en bien payant la main-d'œuvre , & en foulageant la claffe de ceux qui feroient jugés incapables d'y concourir.

Quelle autre fcience peut-il exifter de l'adminiftration & de l'emploi des finances parmi les hommes , qui puiffe mieux opérer le bonheur des peuples ? quelle importance peut-on attacher au numéraire ; fi fon ufage n'eft point borné à ce feul point de vue ? hors de là , à quoi peut-il être bon ? à jouer : oui , fi le produit ou le gain du jeu ne pouvoit être employé qu'à l'utilité générale; mais il ne profite qu'à l'entretien des fainéans & des filoux, sans parler de la ruine des familles & des malheurs occasionnés par le jeu.

Il ne devroit y avoir de jeu que pour nous exercer à la fatigue, nous rendre laborieux, adroits, robustes & courageux contre les bêtes féroces; (ces jeux peuvent se varier à l'infini), comme il ne devroit y avoir des écoles que pour nous apprendre les moyens de concourir à la félicité générale, & par conséquent à la nôtre en particulier.

Qu'il y ait de l'avarice & tant d'autres excès parmi les hommes, je n'en suis pas étonné; mais que les Gouvernemens les souffrent & manquent de moyens de nous guérir & de nous délivrer de ces maladies, c'est ce qui m'étonne.

Est modus in rebus, sunt certi denique fines
Quos ultrà citràque nequis consistere rectum.

Dans les Etats Monarchiques, ce juste milieu est plus facile à connoître & à maintenir, parce que l'Administration veille da-

vantage , & que l'autorité a plus de force
que dans les Républiques.

Tant que l'autorité abſolue ou légale n'a-
gira que pour le bien & contre le mal , il n'y
aura point d'abus de quelque maniere qu'elle
agiſſe ; il n'y a abus que lorſqu'elle agit pour
le mal , ou qu'elle le tolere , ou qu'elle s'abſ-
tient d'agir pour le bien , quand elle le connoît.

Les formes qui , dans l'origine, n'ont été
établies qu'afin de prévenir les abus , ne
ſont plus que des moyens de les multiplier,
depuis qu'elles ont pris la même tournure, &
ſuivi la même gradation que les eſpeces d'or
& d'argent.

Dans le moral comme dans le phyſique , ſi
les choſes n'ont pas la direction qu'elles doivent avoir , ſuivant leur deſtination naturelle,
ou convenue , ce ne ſera plus que déſordre ,
confuſion , choc, embarras & événemens fu-
neſtes : dans cette poſition , il vaudroit mieux
que les choſes n'euſſent jamais exiſté.

Que pour le repos & la ſureté des citoyens
il ſoit ordonné que celui qui inſultera , frap-
pera , tuera ſon ſemblable , pour quelque ſu-

jet que ce puiffe être, fera déshonoré, *ipfo
facto*, & féqueftré à jamais de la fociété des
hommes.

Que pour le repos & la fureté des peuples,
il foit manifeftement déclaré & convenu entre eux, que celui qui fera violence à un autre
peuple, pour quelque caufe que ce puiffe être,
deviendra, par ce feul fait, l'opprobre & le
partage des autres nations.

Les conftitutions de peuple à peuple, doivent être néceffairement les mêmes que celles
de particulier ou de citoyen à citoyen; parce
que tous les rapports phyfiques & moraux, &
par conféquent les devoirs & les obligations
de toutes les fociétés du monde, font effen-
tiellement les mêmes que ceux des membres
qui les compofent : c'eft le fondement de la
maxime que *le droit des gens eft le code civil
du genre humain.*

Le droit de tuer & de mener à la boucherie,
comme des troupeaux de bœufs, des hommes
qui n'ont jamais tué perfonne, n'eft pas un
droit, c'eft une exécration qui confond toutes les notions de bien & de mal moral, d'ordre & de défordre. Tout droit tend à confer-
ver,

ver, il n'en peut exister aucun qui tende ou
qui autorise à nous détruire : les cris de la nature, de l'humanité, du droit des gens & des
premiers devoirs de la politique universelle s'y
opposent de toutes leurs forces.

D'où il suit que ce que, par un abus le plus
cruel de notre langue, afin de légitimer, ce
qui répugne, les actes de notre fureur & de
notre barbarie, qui ont tant de fois abreuvé
la terre du sang des hommes, notre misérable
orgueil & les préjugés funestes de notre malheureuse éducation ont appellé *droit de l'épée,
droit de la guerre, droit du plus fort*, ne peut
être aux yeux de la nature, de l'humanité &
au tribunal du ciel & de la terre, que la plus
monstrueuse, la plus infame, la plus désas-
treuse, la plus infernale & la plus déplora-
ble de toutes les servitudes dont l'affranchis-
sement, quoique au-dessus du sujet de ce discours & de mes forces, n'est point étranger à
l'objet que je propose à tous les êtres sensibles, justes, dignes habitans & maîtres de la
terre, d'en bannir & anéantir toutes les causes
physiques & morales de notre destruction, &
d'y substituer toutes celles de notre bien-être
& de notre conservation, comme un objet au-

E

quel doivent se rapporter tous les talens ,
toutes les sciences , tous les arts , toute l'in-
dustrie , tous les travaux , toute la vigilance
& toute la politique des hommes , malgré
nous - mêmes , malgré nos penchans & les
funestes préjugés de notre malheureuse éducation , qui nous ont aveuglé jusqu'ici sur nos
intérêts les plus précieux, & nous ont fait prendre une route opposée.

Ah ! s'il falloit remonter à l'origine , & dé-
couvrir la cause des guerres, ainsi que des mons-
trueuses erreurs qui les autorisent, ce ne seroit
pas dans le cœur, ni dans les vrais intérêts des
Princes qui ont été & seront toujours les peres
des nations, qu'il faudroit fouiller , mais bien
dans les fastes du Sanctuaire impénétrable, &
sous le voile imposteur du fanatisme , dont les
chefs, tranquilles fainéans , à couvert des dangers , à l'ombre de leurs Autels , & sous la
garde des Dieux qu'ils on fait parler comme
ils ont voulu , ont seuls profité du massacre
des peuples & de la chûte des Rois , qu'il n'a
tenu qu'à eux d'empêcher au nom de ces mêmes Dieux, dans tous les temps & depuis tous
les siecles.

Si fallor, me diva docens Natura fefell...

BIBLIOTHECQUE ROYALE

INV. RÉSERVE

R 2315
(7-2)

www.ingramcontent.com/pod-product-compliance
Lightning Source LLC
Chambersburg PA
CBHW070820260626

47161CB00006B/2348